Memorias de una novelista

Virginia Woolf

colección minilecturas

Memorias de una novelista

Virginia Woolf

Traducción de
Blanca Gago

Nørdica libros
2022

Título original: *Memoirs of a Novelist*

© De la traducción: Blanca Gago
© De esta edición: Nórdica Libros SL
Doctor Blanco Soler 26 - CP: 28044 Madrid
Tlf: (+34) 91 705 50 57 - info@nordicalibros.com
www.nordicalibros.com
Primera edición en Nórdica Libros: enero de 2022
ISBN: 978-84-18930-53-9
Depósito Legal: M-36813-2021
IBIC: FA
Thema: FBA
Impreso en España / *Printed in Spain*
Gracel Asociados (Alcobendas)

Directora de la colección: Eva Ariza Trinidad

Diseño de colección: Ignacio Caballero

Maquetación: Diego Moreno

Corrección ortotipográfica: Victoria Parra y
Ana Patrón

Cubierta impresa en papel Guarro Casas Masterblank gofrado

Cuando murió la señorita Willatt, en octubre de 1884, el sentir general, como bien lo definió su biógrafa, fue que «el mundo tenía derecho a saber más de una mujer tan admirable como retraída». Semejante elección de adjetivos revela que ella nunca habría deseado lo mismo, a menos que alguien la hubiera convencido de que el mundo extraería, con ello, un notable beneficio. Tal vez, la señorita Linsett logró convencerla antes de morir, pues publicó dos libros sobre su vida y sus cartas con el beneplácito de la familia. Si examinamos la frase introductoria y moralizamos un poco al respecto, puede surgir toda una página repleta de preguntas interesantes. ¿Qué derecho tiene el mundo a saber de un hombre o una mujer? ¿Qué puede decirnos un biógrafo sobre una persona?, y ¿en qué sentido puede el mundo beneficiarse? La objeción a estas cuestiones viene dada no solo por el enorme espacio que ocupan, sino también porque conducen a incómodas divagaciones. Concebimos el mundo como una bola pintada de verde en los campos y los bosques, azul fruncido en el mar y unos piquitos bien apretados en las cadenas montañosas. Cuando nos disponemos a imaginar el efecto que la señorita Willatt o cualquier otro ejercerían en él, la indagación, aunque respetuosa, perdería su viveza. No obstante, si empezar por el principio y preguntarnos por qué se escriben las vidas supone malgastar el tiempo, tal vez no estaría de más preguntarnos por qué se escribió la vida de la señorita Willatt y, con el fin de responder a dicha cuestión, quién era esa mujer.

La señorita Linsett, pese a cubrir sus razones bajo un manto de larguísimas frases, actuó con una fuerza que la impulsaba desde atrás. Cuando la señorita Willatt murió, «después de catorce años de amistad inquebrantable», la señorita Linsett —siempre según nuestras conjeturas—, sintió un cierto desasosiego. Tuvo la impresión de que algo se perdería si no hablaba en ese momento, y aunque otros pensamientos muy distintos no vacilaron en ocupar su mente —lo agradable del placer de la escritura, lo importantes e irreales que se vuelven las personas en el papel y el mérito que supone haberlas conocido, lo bien que sienta hacernos justicia a nosotros mismos—, la impresión primordial acabó por imponerse. De regreso del funeral, al mirar por la ventanilla del coche, le resultó extraño, primero, e indecoroso, después, que la gente de la calle pasara de largo sumida en una total indiferencia, algunos incluso silbando. Luego, de forma espontánea, fueron llegando cartas de «amigos comunes», el editor de un periódico le propuso escribir mil palabras de aprecio y, al final, la señorita Linsett decidió sugerir a William Willatt que alguien debería escribir la vida de su hermana. Él era un abogado sin experiencia literaria, pero accedió a que otra persona emprendiera la escritura, siempre y cuando no «derribara ciertas barreras», y así fue como la señorita Linsett escribió el libro, que, con un poco de suerte, aún puede encontrarse en Charing Cross Road.

A juzgar por las apariencias, el mundo no parece haber hecho uso de ese derecho a saber más sobre la señorita Willatt. Los dos libros se colocaron entre *Sobre las beldades de la naturaleza,* de Sturm,[1] y el *Manual*

---

[1] Christoph Christian Sturm, *Beauties of nature delineated*, 1800. *(N. de la T.).*

del cirujano veterinario en la atestada estantería de la calle, a expensas del polvo y los chasquidos del gas, donde cualquiera podía leerlos hasta que el chico les llamaba la atención. Casi sin darnos cuenta, uno empieza a confundir a la señorita Willatt con sus restos mortales y mirar esos libros sucios y desgastados con cierta condescendencia. Hay que repetirse una y otra vez que sí, existió de verdad, y sería más pertinente comprender cómo era entonces que afirmar —por muy cierto que resulte— que, a día de hoy, su figura roza el ridículo.

Entonces, ¿quién era la señorita Willatt? Probablemente, su nombre apenas resulte conocido en la presente generación, que habrá leído sus libros solo por un mero azar. Estos reposan junto a las trilogías de los años sesenta y setenta en el estante más alto de las pequeñas bibliotecas que suele haber en la costa, de modo que solo pueden alcanzarse con la ayuda de una escalera y un trapo para quitar el polvo.

Nació en 1823 y era hija de un abogado galés. La familia residía parte del año en Tenby, donde el padre tenía su despacho, y la presentó en sociedad con motivo del baile organizado por unos oficiales en la Casa Masónica del Ayuntamiento de Pembroke. La señorita Linsett apenas se detiene en la familia durante las treintaiséis páginas con que despacha los primeros dieciséis años de la biografiada. Menciona, eso sí, que los Willatt descendían de un comerciante del siglo XVI que escribía el apellido familiar con V, y que Frances Ann, la novelista, tenía dos tíos: uno que inventó un método de lavado para las ovejas, y otro a quien «sus parroquianos recordarían durante mucho tiempo. Se dice que incluso los más pobres llevaron luto […] en recuerdo del "buen pastor"». Todos esos datos, sin embargo, no son más que artimañas de biógrafo, un modo de marcar el tiempo en esas primeras páginas heladas en que la heroína no hará ni dirá nada «típico de ella». Por alguna razón, sabemos muy poco acerca de la señora Willatt, hija de Josiah Bond, un prestigioso comerciante de ropa blanca que, más adelante, al parecer, logró comprarse «una casita».

Esta murió cuando su única hija contaba dieciséis años; y de sus dos hijos, uno murió antes que su hermana, Frederic, mientras que el otro, William, la sobrevivió. Quizá merezca la pena explicar esa clase de cosas, por muy feas que resulten y aunque nadie las recuerde, pues, de algún modo, nos ayudan a establecer la juventud de nuestra heroína, que resultaría, si no, demasiado precipitada. Cuando la señorita Linsett se ve obligada a hablar de ella y no de sus tíos, he aquí el resultado: «Así, Frances quedó despojada de todo cuidado materno a la edad de dieciséis años. Es fácil imaginar que la solitaria jovencita, incapaz de llenar ese vacío [pero no sabemos nada de la señora

Willatt],[2] pese a la amorosa compañía de su padre y sus hermanos, buscó consuelo en la soledad y, deambulando entre los páramos y las dunas donde los antiguos castillos habían quedado abandonados al paso inmisericorde del tiempo, etc., etc.». La contribución de William Willatt a la biografía de su hermana resulta, en este caso, más pertinente: «Mi hermana fue una niña torpe y tímida, muy dada a la ensoñación. Toda la familia solía bromear con la historia de que, una vez, entró en la pocilga pensando que era el baño, y hasta que Grunter, la cerda negra, no se comió el libro que tenía en las manos, Frances Ann no cayó

---

[2] La frase entre corchetes es de Virginia Woolf.

en la cuenta de su error. En referencia a sus hábitos de estudio, diría que siempre fueron muy señalados. Cabe mencionar el hecho de que, a la menor desobediencia, el castigo más efectivo era confiscarle la vela de su habitación, sin cuya luz no podía leer de noche. Recuerdo muy bien contemplar, de niño, la figura de mi hermana levantándose de la cama con un libro en las manos para aprovechar la rendija de luz proveniente de la habitación contigua, donde la niñera cosía. Así pudo leer la historia de la Iglesia de William Bright entera, y siempre tenía a medias algún libro que la encandilaba. Me temo que no siempre tratábamos ese afán de estudio con respeto… Aunque nadie la consideraba una belleza, debo decir que, por aquella misma época, tenía unos brazos casi perfectos». Respecto a este último comentario, muy importante, podemos consultar el trato que un artista local dispensó a la señorita Willatt con diecisiete años. Digamos, solo de pasada, que su rostro, seguramente, no se ganó los elogios del salón del Ayuntamiento de Pembroke en 1840. Una gruesa trenza, a la que el artista confiere brillo, enroscada sobre la cabeza; ojos grandes un poco saltones; labios carnosos, pero no sensuales… El único rasgo que, al comparar ese rostro con el de sus congéneres, le otorgaba algún valor es la nariz. Tal vez alguien le había dicho que era bonita, una nariz audaz para una mujer; sea como fuere, en todos sus retratos, con una sola excepción, la señorita Willatt está de perfil.

Es fácil imaginar que esa «niña torpe y tímida, muy dada a la ensoñación» —por usar la frase, muy conveniente, de la señorita Linsett—, esa niña que entraba en la pocilga y leía historia en lugar de ficción, no disfrutó su primer baile. Las palabras de su hermano resumen claramente la sensación que flotaba en el aire de regreso a casa. Encontró una esquina del salón donde pudo medio ocultar su amplia figura y, una vez allí, esperó a que alguien le pidiera un baile. Clavó la mirada en las guirnaldas que decoraban el escudo de armas de la ciudad y trató de imaginarse sentada en una roca, rodeada de abejas zumbonas; luego sopesó la idea de que, tal vez, ninguno de los presentes conocía el Juramento de Uniformidad[3] mejor que ella; luego pensó que en sesenta años, o quizá menos, los gusanos habrían devorado los restos de todos ellos; y luego se preguntó si, antes de ese día, acaso los hombres que allí bailaban no tendrían una razón para respetarla. Escribió a Ellen Buckle, destinataria de todas sus cartas de juventud, que «la decepción se mezcla con los placeres de un modo lo bastante juicioso para no olvidar, etc., etc.». Es muy posible que, de toda la

---

[3] Juramento obligatorio para las autoridades religiosas inglesas según la Ley de Uniformidad del Parlamento de Inglaterra, aprobada en 1559 para regularizar la oración, el culto divino y la administración de los sacramentos en la Iglesia inglesa. *(N. de la T.)*.

comitiva que bailó aquel día en el ayuntamiento, hoy pasto de los gusanos, la señorita Willatt fuera la más indicada para mantener una charla, aunque en modo alguno deseáramos bailar con ella. Su rostro, aunque severo, es inteligente.

Dicha impresión está totalmente basada en sus cartas. «Ahora son las diez, y ya estoy en la cama, pero primero debo escribirte [...]. Ha sido un día pesado, pero no desaprovechado, espero [...]. Ay, querida amiga, pues eres a quien más quiero, ¿cómo podría cargar con los secretos de mi alma, con el peso de "este mundo incomprensible",[4]

---

[4] William Wordsworth, «La abadía de Tintern», en *La abadía de Tintern y otros poemas*, Lumen, 2012, traducción de Gonzalo Torné. *(La referencia bibliográfica es de la traductora)*.

en palabras del poeta, sin hacerte partícipe?». Si descartamos una buena parte de esos deslustrados cumplidos, podremos adentrarnos en la mente de la señorita Willatt un poco más. No fue hasta cumplir los dieciocho, más o menos, cuando se dio cuenta de que carecía de todo vínculo con el mundo; así, de la mano de la conciencia, llegó la necesidad de solventar el asunto y, con ella, la terrible depresión. Sin más conocimiento que el dispensado por la señorita Willatt, solo podemos adivinar cómo adquirió sus concepciones de la naturaleza humana, el bien y el mal. De la historia, obtuvo nociones generales sobre el orgullo, la avaricia y la intolerancia, mientras que en las novelas de Waverley pudo leer sobre el amor.[5] Todas esas ideas la dejaron vagamente turbada, pero, gracias a las obras religiosas que le prestó Ellen Buckle, aprendió, con gran alivio, a escapar del mundo y, de paso, ganarse el gozo eterno. Con el simple procedimiento de preguntarse antes de hablar o actuar: ¿Es esto correcto?, ningún santo podría estar a su altura. El mundo, entonces, se volvió un lugar espantoso, y cuanto más feo le parecía, más virtudes acumulaba. «La muerte yacía en esa casa, y el infierno bostezó ante ella», escribió una noche, tras una velada en un salón de ventanas carmesíes donde pudo escuchar las voces de los bailarines. Aunque las sensaciones

---

[5] Serie de más de veinte novelas históricas publicadas por *sir* Walter Scott entre 1814 y 1832.

que tuvo al escribir todo eso no fueron del todo amargas, su seriedad solo la protegía a medias y daba cabida a innumerables tormentos. «¿Soy yo la única tacha en el rostro de la naturaleza?», se preguntó en mayo de 1841. «Los pájaros trinan en la ventana, hasta los insectos esquivan los resquicios del invierno». Solo ella era «tan pesada como el pan ácimo». Al sentirse poseída por una terrible inhibición, escribió a la señorita Buckle como si contemplara su sombra, temblorosa ante el mundo, bajo la crítica mirada de los ángeles; una sombra jorobada, tortuosa e hinchada de maldad que consumía la fuerza de ambas mujeres para enderezarse. «¿Qué no daría yo para ayudarte?», escribe la señorita Buckle. Para nosotros, lectores contemporáneos, la dificultad radica en saber qué pretendían, pues, sin duda, imaginaban un estado del alma inclinado al reposo y lleno de dicha, solo accesible a través de la perfección. ¿Era la belleza lo que tanteaban? Puesto que ambas carecían de intereses, salvo la virtud, es posible que un cierto placer estético se ocultara bajo su religión. Cuando se abandonaban a esa clase de trances, quedaban totalmente aisladas de su entorno y el único placer que se permitían era el de la sumisión.

Llegados a este punto, por desgracia, se nos abre un abismo. Como era de esperar, Ellen Buckle, menos indignada con el mundo que su amiga y más capaz de trasladar sus cargas a otros hombros humanos, se casó con un ingeniero que logró disipar sus dudas para siempre. Por entonces, Frances tuvo una extraña experiencia que la señorita Linsett se encarga de ocultar de la manera más provocadora que pueda imaginarse en el siguiente fragmento: «Nadie que haya leído el libro (*Life's Crucifix*) puede dudar de que el mismo corazón que imaginó las penas de Ethel Eden en su desdichada relación ya había sentido algunos de los espasmos descritos con tanta emoción; y aunque pudiéramos, nada más diremos». Así, el acontecimiento más interesante en la vida de la señorita Willatt resulta un misterio debido a la nerviosa mojigatería y las tristes convenciones literarias de su amiga. Por supuesto, creemos que amó y tuvo esperanzas que luego vio desvanecerse, pero qué ocurrió y cuáles fueron sus sentimientos solo podemos imaginarlo. Sus cartas, en esa época, son irremediablemente aburridas, ya que una serie de pasajes contaminados por el amor al mundo se han visto reducidos a asteriscos. No queda rastro del parloteo sobre las imperfecciones, ni un solo «¡Ay! Si pudiera retirarme del mundo a lamerme las heridas…»; la muerte también ha desaparecido, y la autora parece haber alcanzado una segunda fase de desarrollo en la que, a costa de ignorar teorías o bien emparse de ellas, su único fin es protegerse a sí misma. La muerte de su padre, en 1855, cierra un capítulo de su vida, y el traslado a Londres, donde se instala en Bloomsbury Square junto a sus hermanos, abre el siguiente.

En este punto, no podemos ignorar lo que ya se ha insinuado varias veces: o damos carpetazo a la señorita Linsett, o bien nos tomamos las mayores libertades con su texto. Lo que empieza con un «breve esbozo de la historia de Bloomsbury que no debemos pasar por alto» se convierte en una ristra de asociaciones de la caridad y sus respectivos héroes, un capítulo sobre las visitas de la realeza al hospital y una oda a Florence Nightingale en Crimea; solo vemos, por así decirlo, la figura de cera de la señorita Willatt dentro de una vitrina. Sin embargo, justo cuando ya estamos a punto de cerrar el libro para siempre, surge una reflexión que invita a la pausa. Es, ciertamente, un asunto de lo más extraño. Parece increíble que los seres humanos crean estas cosas de los demás, y, si no, que se molesten en decirlas: «La apreciaban, con toda justicia, por su bondad y su íntegra rectitud, que nunca la llevó a proferir un severo y duro reproche […]. Le gustaban los niños, los animales y la primavera, y entre sus "poetas de cabecera" estaba Wordsworth […]. Aunque lamentó la muerte [de su padre] con la ternura de una hija devota, no se abandonó al llanto inútil y egoísta […]. Podría decirse que los pobres remplazaron a los hijos en su corazón». Este compendio de frases permitiría una sátira fácil, pero el incesante zumbido del libro en que están incrustadas nos obliga a reconsiderar ese primer impulso: es el hecho de que la señorita Linsett creyera todas esas cosas, y no su absurdidad, lo que conduce al desaliento. Ella creía, por encima de todo, que debía atribuir esas virtudes, que consideraba admirables, a su amiga por el bien de ambas. Así, leerla es como abandonar el mundo a plena luz del día para entrar en una habitación cerrada, envuelta en cortinas de color burdeos y decorada con textos. Sería interesante averiguar qué condujo a este enfoque de la vida humana, pero ya es bastante arduo despojar a la señorita Willatt de los engaños de su amiga como para indagar, además, sobre su origen.

Por suerte, los indicios apuntan a que la señorita Willatt no era lo que parecía; indicios que se escapan sigilosos de sus notas o cartas y, más claramente, de sus retratos. La contemplación de ese rostro ancho y egoísta, de amplia frente y mirada tan arisca como inteligente, desacredita los tópicos de la página anterior, pues parece bastante capaz de haber engañado a la señorita Linsett.

La muerte de su padre, con el que nunca se había llevado bien, le infundió ánimos para encauzar esas «grandes aptitudes que sé que llevo dentro» en Londres. Puesto que vivía en un barrio pobre, la única profesión reservada para las mujeres en esa época era hacer el bien, y, al principio, la señorita Willatt se consagró a la tarea con un fervor ejemplar. Al no estar casada, se propuso representar la vertiente más práctica de la comunidad: así como otras mujeres traían hijos al mundo, ella se ocuparía de la salud de todas ellas. Acostumbraba a evaluar sus progresos espirituales y rendir cuentas en las últimas hojas en blanco de su diario, donde suelen anotarse cosas como el peso, la altura o el número de la policía, y en ellas regañaba a «este carácter mío tan inestable que pretende distraerme con la sempiterna pregunta: ¿adónde?». Cabe suponer, pues, que acaso no estaba tan satisfecha con su filantropía como la señorita Linsett nos daba a entender. «¿Sé qué es la felicidad?», se pregunta Frances Ann en

1859 con un extraño candor, y, tras una reflexión, concluye: «No». Imaginarla entonces como la mujer sobria y elegante que sus amigos describen, consagrada a hacer el bien y armada de una fe inquebrantable no exenta de fatiga, dista mucho de ser verdad. Muy al contrario, fue una mujer inquieta y anhelante, que buscó la propia felicidad por encima de la ajena. En esa época, a los treintaiséis años y pluma en ristre, empezó a sopesar la idea de consagrarse a la literatura, no tanto para decir verdades como para justificar su estado anímico, de lo más complejo. Dicha complejidad es del todo cierta por mucho que, desde nuestra lejana perspectiva, vacilemos en definirla. En cualquier caso, descubrió que «le faltaba vocación» para la filantropía y así lo confesó al reverendo R. S. Rogers, en un encuentro «doloroso y turbador para ambos» que tuvo lugar el 14 de febrero de 1856. Sin embargo, al reconocer esa carencia, admitía la de muchas otras virtudes, por lo cual se hacía necesario demostrar, al menos a sí misma, que disponía de algunas más. Después de todo, solo el estar sentados con los ojos bien abiertos nos llena la mente de cosas y, tal vez al vaciarla, daremos con algún matiz iluminador. George Eliot y Charlotte Brontë son autoras de muchas novelas de esa época, pues ambas revelaron el secreto de que el material precioso que compone los libros se extrae de lo personal, de los cuartos y las cocinas donde viven las mujeres, y se acumula en cada tic-tac del reloj.

La señorita Willatt asumió la teoría de que ninguna formación era necesaria, pero juzgó indecente describir cuanto había visto hasta entonces. Así, en lugar de acometer un retrato de sus hermanos —y eso que uno de ellos había llevado una vida muy pintoresca— o unas memorias de su padre —cosa que debemos agradecerle—, se inventó unos amantes árabes que ubicó a la orilla del Orinoco. Los puso a vivir en una comunidad ideal porque le gustaba formular leyes, en un escenario tropical cuyos efectos siempre se perciben más rápido que en Inglaterra. Podía escribir páginas y páginas sobre las «montañas que parecían murallas de nubes, salvo por las profundas gargantas azules que hendían sus laderas, y las cascadas diamantinas que saltaban entre destellos ya dorados, ya purpúreos, para hundirse en los sombríos pinares y, de nuevo, desvanecerse bajo el sol, perderse en riachuelos infinitos por las faldas de pastos esmaltados de flores». Pero cuando tenía que enfrentarse a los amantes, al parloteo de las mujeres en las tiendas al atardecer mientras ordeñaban las cabras que volvían de los prados, o a la sabiduría de «aquel viejo, testigo de tantos nacimientos y tantas muertes que ya no le quedaba regocijo para los primeros, ni lamento para las segundas», entonces enrojecía y tartamudeaba de forma notoria. No podía decir «te quiero», sino que usaba «os» y «vos», con cuyos rodeos parecía no querer comprometerse en el asunto. Esa misma inhibición le impedía meterse en la piel del árabe, de su prometida o de cualquier otro que no fuera la portentosa voz de enlace entre los diálogos, encargada de explicar las afines tentaciones que nos asaltan ya bajo las estrellas tropicales, ya entre los umbríos álamos ingleses.

Por todas esas razones, el libro apenas resiste una lectura actual, sin contar con los escrúpulos de Frances Ann Willatt a la hora de escribir bien: estaba convencida de que la elección de expresiones propias era un acto sospechoso; lo mejor eran las palabras directas, ese flujo infantil que surge del regazo materno y confía en los significados que obtendrá como recompensa. Aun así, el libro alcanzó la segunda edición, y un crítico llegó a compararlo con las novelas de George Eliot, pero con un tono «más satisfactorio», mientras que otro proclamó que estábamos ante «una obra de Harriet Martineau, o bien del diablo».[6]

Si la señorita Linsett aún viviera —murió en Australia hace ya unos años—, cabría preguntarle por la metodología empleada al dividir la vida de su amiga en capítulos. Da la impresión de que, cuando es posible, la división se rige por los cambios de

---

[6] Harriet Martineau (1802-1876) fue una escritora, activista social, economista, socióloga y filósofa inglesa. Defendió las teorías feministas y abolicionistas y realizó importantes contribuciones a las corrientes de pensamiento de la época.

domicilio, lo cual confirma la sospecha de que la señorita Linsett no disponía de ninguna otra pauta para abordar el personaje de la señorita Willatt. Sin duda, la publicación de *Lindamara: A Fantasy* supuso un antes y un después. Tras la memorable «escena» con el señor Rogers, la señorita Willatt estaba tan agitada que dio un par de vueltas a Bedford Square con las lágrimas pegadas al rostro como un velo. Le pareció que toda esa charla sobre filantropía no tenía ningún sentido e impedía cualquier atisbo de «vida individual», como tuvo a bien llamarla. Pensó en emigrar o fundar una sociedad, pero, tras la segunda vuelta, se imaginó a sí misma con el pelo blanco y leyendo un libro plagado de sabiduría ante un corro de esforzados discípulos que la llamaban con un eufemismo de *madre,* pero se daban un aire a sus amigos. Ciertos pasajes de *Lindamara* dejan entrever esa visión y apuntan con disimulo al señor Rogers, «el hombre sin sabiduría». Pero Frances Ann Willatt era una mujer indolente a quien los halagos, aun viniendo de donde no debían, otorgaban credibilidad. Al parecer, concibió lo mejor de su escritura —pues hemos ahondado en varios libros suyos, y los resultados casan a la perfección con nuestra teoría— para justificarse a sí misma, y una vez culminada la tarea, lanzar augurios sobre los demás, instalándose en regiones difusas que arruinaron su trayectoria. Así, engordó hasta ponerse oronda, «un síntoma de enfermedad» según la señorita Linsett, apasionada de tan triste asunto, y, para nosotros, un síntoma de las reuniones de té celebradas en el sofocante saloncito empapelado con lunares para hablar del «alma». «El alma» se convirtió en una provincia bajo el dominio de la señorita Willatt, quien desertó, así, de las llanuras sureñas en pos de un extraño país cubierto de un eterno crepúsculo y poblado de atributos sin cuerpo. Fue entonces cuando la señorita Linsett, que atravesaba una época de gran abatimiento porque «la muerte de un adorado pariente me había despojado de toda esperanza terrena», acudió a ver a la señorita

Willatt. Salió de allí sonrojada y temblorosa, pero convencida de que esta guardaba un secreto que lo explicaba todo. Aunque la señorita Willatt era demasiado inteligente como para creer a nadie capaz de explicar lo que fuera, la presencia de esa mujercita trémula y extraña que la miraba tan preparada para un golpe como para una caricia, igual que los *spaniels*, apelaba a una maraña de emociones, no todas malas. Por lo que veía, aquella mujer deseaba que le dijeran que formaba parte de un todo, como una mosca en una jarra de leche busca un punto de apoyo en la cuchara. Además, sabía que es necesaria una buena motivación para trabajar; era fuerte y persuasiva y le gustaba el poder, aunque proviniera de

medios ilegítimos y no de la materni-
dad. Otro de sus talentos, sin el cual
el resto habría sido una sarta de inuti-
lidades, consistía en levantar el vuelo
en la oscuridad. Tras decir a la gente lo que tenían que hacer, les brinda-
ba, primero en susurros, luego con una
voz que se perdía en la inconsciencia y
el balbuceo, varias razones místicas de
por qué debían hacerlo. Estas razones,
por así decirlo, solo podía descubrir-
las asomándose al borde del mundo, y,
al principio, intentó honestamente no
decir más de cuanto allí veía. Esa car-
ga llena de ataduras, como el blanco
de unas flechas pigmeas, le parecía casi
siempre aburrida, y, a veces, intolerable. Todos necesitaban esa ráfaga dul-
ce y vaga como el cloroformo, que les

confundía los contornos y los ponía frente a una danza de la vida cotidiana con resquicios de visión panorámica, y la naturaleza la había dotado a ella para brindársela. «La vida es una escuela muy dura, ¿cómo podríamos soportarla sin...?», decía, y pasaba a un éxtasis lleno de árboles y flores y peces en las profundidades, y una eterna armonía, con la cabeza hacia atrás y los ojos entrecerrados para ver mejor. «Era como tener una sibila entre nosotros», escribe la señorita Haig, y puesto que las sibilas nunca están del todo inspiradas, son conscientes de la locura de sus discípulos, sienten lástima por ellos, reclaman su vano aplauso y se hacen un lío, todo a la vez, la señorita Willatt era una sibila. Pero la parte más sorprendente del retrato es el infeliz panorama que muestra del estado espiritual de Bloomsbury en aquella época, cuando la señorita Willatt se aposentaba en Woburn Square como una araña ahíta en el centro de su tela, y de todos los filamentos acudían presurosas e infelices mujeres, figuras con formas gallináceas, temerosas del sol y los carros y ese mundo tan espantoso, para esconderse bajo las faldas de la señorita Willatt. Los Andrews; los Spalding; el joven Charles Jenkinson, «que ya nos ha dejado»; la anciana *lady* Battersby, que padecía de gota; la señorita Cecily Haig; Ebenezer Umphelby, que sabía de escarabajos más que nadie en Europa... Todos aquellos que aparecían a la hora del té y cada domingo, después de cenar, se quedaban a la sobremesa, cobran vida y nos provocan un deseo casi intolerable de conocerlos mejor. ¿Cómo eran, qué hacían, qué querían de la señorita Willatt y qué pensaban de ella a solas? Pero nunca lo sabremos, y nunca volveremos a escucharlos. Se han agregado a la tierra de forma irremediable.

Y ya solo nos queda espacio para el meollo de ese último capítulo que la señorita Linsett llamó «Culminación»; ciertamente, uno de los más extraños. A la señorita Linsett, la idea de la muerte le producía una intensa fascinación, y tanto arrullaba y se pavoneaba en su presencia que apenas podía decidirse a poner un punto final. Es más fácil escribir sobre la muerte, cosa muy común, que sobre una vida, pues aquella acepta generalidades que podemos usar en beneficio propio, y el despedirnos de una persona siempre nos brinda delicados modales y sensaciones placenteras. Además, la señorita Linsett desconfiaba por naturaleza de la vida, que era ordinaria y bulliciosa y nunca la había tratado muy bien, y, cuando surgía la ocasión, como para desairar a un colegial maleducado, se empeñaba en demostrar que los seres humanos morían. Por ello, tenemos a nuestra disposición más detalles de los últimos meses de vida de la señorita Willatt que de todo lo demás. Sabemos con precisión de qué murió. La narrativa discurre por la senda del funeral, paladeando cada palabra, pero, en realidad, poco más nos ofrece. La señorita Willatt llevaba años quejándose de una dolencia interna, pero solo ante sus amigos íntimos. En otoño de 1884, pilló un resfriado. «Fue el principio del fin y, a partir de entonces, albergamos pocas esperanzas». Una vez le dijeron que se estaba muriendo, aunque ella «parecía enfrascada en la alfombra que estaba tejiendo para su sobrino». Cuando ya tuvo que guardar cama, no quiso ver a nadie salvo a su vieja sirvienta, Emma Grice, que había estado treinta años con ella. Finalmente, la noche del 18 de octubre, «una tormentosa noche otoñal, llena

de nubes voladoras y lluvia racheada»,
la señorita Linsett compareció para
despedirse. La señorita Willatt yacía
boca arriba con los ojos cerrados, y
la cabeza en penumbra lucía «esplén-
dida». Así permaneció toda la noche,
sin hablar ni moverse o abrir los ojos.
Una vez levantó la mano izquierda,
«donde llevaba el anillo de boda de
su madre», para dejarla caer de nuevo.
Todos esperaban algo más, pero como
nadie sabía lo que quería, siguieron
allí quietos, y, media hora después de
que la colcha se quedara inmóvil, se
acercaron desde las esquinas para ver
que estaba muerta.

Al leer esta escena, con su guar-
nición de inapropiados detalles y sus
aleatorias florituras preparando el

clímax —los cambios de color en la moribunda; el agua de colonia restregada sobre la frente; la llamada del señor Sully, que llegó y se fue; los golpecitos de la enredadera en la ventana; la creciente palidez del cuarto al amanecer; el gorjeo de los gorriones y el traqueteo de los carros por la plaza hacia el mercado—, vemos que a la señorita Linsett le gustaba la muerte porque le hacía sentir emociones pasajeras que parecían encerrar un significado. En ese momento, quiso a la señorita Willatt y, en el momento posterior a su muerte, incluso llegó a ser feliz. Era un final no perturbado por la posibilidad de un nuevo comienzo. Pero luego, cuando volvió a casa a desayunar, se sintió sola, pues tenían la costumbre de pasear juntas por los Jardines de Kew los domingos.

Esta edición de *Memorias de una novelista*, compuesta
en tipos AGaramond 12,5/17 sobre papel Natural de
Vilaseca de 120 g, se acabó de imprimir en Madrid el
día 25 de enero de 2022, aniversario del nacimiento de
Virginia Woolf